엄지공주 대 검지대왕

엄지
공주
대
검지
대왕

신형건 시 ┃ **강나래** 그림

끝없는이야기

제2부 나만의 별

제1부

세계로 가는 기차

그 말, 그 소리

"보고 싶으면 전화해!"

그 말 들은 지
참 오래됐다
아예 사라지고 말았다

온 세상에
시도 때도 없이 울리는
"카톡! 카톡!"
그 소리 가득한 뒤부터

우리는 서로
보고 싶을 틈이 없다

기도 시간

맛난 음식을 주문해 놓고
엄마, 아빠, 할머니, 동생, 누나
온 식구가 상 앞에
둘러앉았습니다.

자, 이제부터
아무런 말이 필요 없습니다.
서로 얼굴을 쳐다볼 필요도
없습니다.

고개를 숙이고
조용히 감사 기도를 올리세요.
스마트폰 하느님께
열렬히 기도하세요.

엄지족 전성시대

"참새처럼 수다스럽다."라고
말하면 언젠가, 못 알아듣는 그런
세상이 올지도 몰라. 요즈음
수다쟁이들은 입 대신에
손가락이 분주하잖아. 버스에
지하철에 앉아서 서서 휴대전화
화면에 얼굴을 푹 빠트리고 입은 꾹
다문 채 쉴 새 없이 두 엄지를
움직이는 저 언니 형아들 좀 봐.
길거리를 걸어가면서도 한순간도
손가락을 멈추는 법이 없지.
언제 어디서나 자유자재로 두 엄지를
눈부시게 놀리는 진정한 저
엄지족들만이 미래의, 아니
오늘의 주인공들 아니겠어. 그러니
"엄지처럼 수다스럽다."라고
표현해야만 알아듣는 그런 때가
올 거야. 머잖아. 곧.

웃음 박물관에서

언제부턴가 사람들은 웃음을 싹 잊어버렸지. 하루아침에 일어난 일은 아니야. 아마도 수십 년 전부터였을 거야. 무언가에 홀린 듯 사람들은 스마트폰만 들여다보기 시작했다지. 자, 웃음 박물관 소장품인 이 가상현실 기록물을 한번 체험해 봐. 기쁜 것도 슬픈 것도 아니고 그냥 무표정하게 무언가에 열중하고 있는 사람들이 보이지? 바짝 다가가 그들 어깨 너머로 찬찬히 들여다보렴. 엄지와 검지를 분주히 놀리며 쉴 새 없이 쏘아 대는 저 문자 총알들을… 좋아 ㅋ, 그러게 ㅋㅋㅋ, 멋져 ㅎㅎㅎ, 헐 대박 ㅎ, 개좋아 ㅋㅋ, ㅎㅎ, ㅋㅋㅋㅋ…… 그때부터 사람들은 ㅋ과 ㅎ 사이에 웃음을 가두기 시작한 거란다. ─하하하 호호호 깔깔깔 키득키득 까르륵 히히 낄낄낄 허허허 피식 푸하하 후후 킬킬 풋 흥흥 와하하 까르르까르르─ 사람들 입에서 코에서 배꼽에서 수시로 튀어나오던 그 웃음들은 점점 잠잠해지더니… 세월이 흐르자 완전히 잦아들어서…… 언제부턴가 더는 소리로 남아 있지 않게 되었다지. 결국 거의 모든 사람들이 웃음 장애를 갖게 되고 만 거야. 이젠 아주 어린애들만 제대로 웃을 수 있지. 첨단 기기에 아직 길들여지지 않은 그 애들 배꼽만 쏙 빠져 달아나곤 하지.

오리들 감기 걸린 날

지금 내가 입은
패딩 점퍼 하나에
오리 서른다섯 마리가
앞가슴 털을 뽑힌대.
가슴이 숭숭 뚫린 오리들은
찬바람이 술술 들어오니
얼마나 추울까?
지금쯤 오리 일곱 마리는
재채기를 하고, 아홉 마리는
콜록콜록 기침을 하고, 열세 마리는
콧물을 줄줄 흘리고, 다섯 마리는
열이 펄펄 날지도 몰라.
패딩 점퍼를 입은 내가
따뜻하게 지낸
오늘.

국제 달팽이 달리기 대회

……3, 2, 1. 마침내 출발했어.
등 껍데기에 번호표를 달고 원탁 정중앙에서
맨 가장자리 결승선까지 달리기, 앙금앙금
달리기, 느릿느릿 달리기. 사람들은 손뼉을 치고
응원 구호를 외치고, 휘파람을 불며 난리들 쳤지만
난 처음부터 부러 딴청을 부렸지. 내 발자국에
설핏 어린 고운 무지개를 홀린 듯 돌아보고,
앞서가는 친구 녀석 등에도 슬쩍 올라타고,
환호하는 사람들 박수 소리에 맞춰 어깨를 들썩이고,
살랑살랑 산들바람 샤워에 몸을 흠뻑 적시고……
어, 그런데 시합이 벌써 끝났대. 33cm를
2분 40초에 제일 먼저 통과한 녀석이
세계 신기록을 세웠다지 뭐야. 대회 주최국인
영국 출신 선수 퀵스네일이라나, 뭐라나.
난 당연히 내가 우승 트로피를 차지할 줄 알았는데,
그 아삭아삭한 상추 잎 트로피를 나 혼자
먹고 싶었는데, 도대체 이게 뭐람!
난 너무너무 뿔나서 더듬이를 바짝 치켜들고
눈을 부릅뜨곤 아락바락 항의했어.

−이봐, 심판! 틀렸어! 걔, 퀵스네일은 꼴찌야.
나, 넘느리네용이 우승 후보라고! 게임은 아직
끝나지 않았어. 난 적어도 59분 38초는 더 걸린다고.
달팽이 나라에선 가장 느린 달팽이가
1등인 거 몰라? 그걸 몰라?

우리 동네 스타 탄생

야, 네 울음소리 정말 크더라!
생중계가 아니라서 좀 아쉬웠지만
이장님이 휴대전화로 찍은 네 동영상을 전송하자
곧바로 마을회관에선 환호성이 터지고 짝짝짝짝—
박수 소리가 터져 나왔단다. 동네 할머니
할아버지들 반응이 얼마나 뜨겁던지 난 글쎄
'방탄소년단'이나 '트와이스'가 뜬 줄 알았다니까.
아무래도 우리 이장님이 인터넷에서
몽골 뉴스를 본 게 분명해. 얼마 전 몽골에선
300만 번째 국민으로 아기가 태어나자
텔레비전으로 생중계를 해, 아기 울음소리가 전국에
울려 퍼지게 했다지. 대통령이 아기 엄마한테
축하 전화까지 걸며 온 나라가 야단법석이었대.
내 나이 이제 어언 아홉 살, 그러니까 넌
9년 만에 우리 동네에 새로 태어난 아기란다.
새로운 스타가 탄생했으니 우리 동네라는 무대에서
그야말로 나의 시대는 막을 내린 거지.
이 엉아야 동네 막내를 벗어나는 게
시원섭섭하다만, 어쨌든 너를 진심으로 환영한다!

며칠 뒤에 네가 집으로 오면, 고요하던 우리 동네가
네 울음소리로 쩌렁쩌렁하겠지. 밤낮 없이
수시로 울어 대는 게 네 주특기 아니겠니.
마을 입구에 선 채 맨날 꾸벅꾸벅 졸기만 하던
천하대장군도 500살 먹은 정자나무 할배도
네 울음소리에 이젠 단잠 자긴 다 글러 버렸다.
그래 울어라, 울어! 맘껏 울어라!
혹시라도 네가 순둥이여서 우렁차게 울지 않으면
은근히 시샘 많은 내가 너희 엄마 몰래
널 슬쩍 꼬집어 줄지도 몰라.

배달의 가족

새봄에게
신속 배달 앱으로
푸른 하늘을 주문했더니
맑은 공기를
얼른 보내 달라고 했더니
10분만에
미세먼지 가득한
희뿌연 공기를 흔들며
타타타타—
오토바이가 달려왔다.
초인종이 울리자
기다렸다는 듯
아빠가
재빨리 달려 나가고…
이런! 족발이
배달되었다.

매미가 고장 났다고?

매미가 고장 났다고? 어디가 고장 났는지 매미들이 시도 때도 없이 운다고? 하긴, 좀처럼 그칠 줄 모르니, 그럴지도 모르지. 플라타너스 그늘에서 시원한 목소리로 합창하던 매미들, 이젠 전봇대에 앉아서 울고, 아파트 벽에 매달려서 울고, 방충망에 딱 달라붙어서 울고, 운다, 울어! 참매미도 울고 말매미도 울고, 일단 울기 시작한 매미들은 옆에서 대포를 발사해도 못 알아들을 지경으로 용쓰며 운다, 울어. 야, 사람들은 야단났다! 자동차 소음보다 시끄럽다고, 밤낮없이 우니 밤잠도 낮잠도 설친다고 야단, 야단들이다. 기온 23℃가 되는 순간, 참매미 울음 스위치가 먼저 딸깍! 켜지고, 27℃가 되는 순간, 말매미 울음 스위치도 일제히 딸깍! 정상 작동되고, 열대야에 열섬 효과까지 겹쳐 뜨끈뜨끈한 도시 한복판은 그야말로 매미들의 잔치판이다. 눈부신 가로등에 현란한 간판 조명까지 좋이 비추니, 그 열기가 식을 줄 모르는 매미들의 나이트클럽이다. 비보잉 울음으로 한바탕 춤판을 벌이는 매미들의 무한 배틀을 저지하겠다고, 국자와 파리채와 효자손까지 손에 잡히는 대로 휘두르며 방충망을 두들기던 사람들… 아무 소용없자 앞다퉈 구청에 민원 넣느라 전화통에 불났다는데, 정말 모르는 걸까?

아니면, 모르는 척하는 걸까? 진짜진짜 무엇이

고장 났는지!

플라스틱 갑옷

이런! 가위가
갑옷을 입고 있네.
투명하고 매끈한
플라스틱 갑옷을 두르고 있네.
그런데 얼마나 견고한지
도통 벗겨 낼 재간이 없어.
요즘 마트에 쌓인 물건들마다 서로
돋보이려고 한창 유행이라는
이 투명 플라스틱 갑옷 패션은
실은, 얄팍한 포장술!
나도 거기에 홀딱 넘어가
이 가위를 사 왔지.
이런! 새 가위를 쓰려면
이 멋진 갑옷을 자를 또 다른
가위가 필요하니
어쩐다지?

어떤 장례식

개미가 죽으면
누가 장례식을 치러 주지?
쇠똥구리가 죽으면, 수달이 죽으면 누가
땅에 묻어 주지? 팔색조가 죽으면, 기린이 죽으면,
북극곰이 죽으면 누가 꽃 한 송이 던져 주고,
눈물 한 방울 흘려 주지? 아무도, 아아무도
없단다. 사람들 중엔 다른 생명들이 죽었다고
장례식을 치러 주는 이가 없단다.
그래서 그 모든 죽음들은 전혀 기억되지 않고 결국
도도새처럼 큰바다오리처럼, 여행비둘기처럼
타이완구름표범처럼 그 이름만 남긴 채
영영 지구별에서 사라져 갔단다.
그런데 요즘 사람들은 뭔가 달라진 것 같더구나.
검은 상복을 입은 사람들이 줄지어 산에 오르기에
무슨 일인가 싶어 따라가 보았더니
알프스산맥 피졸산 정상 빙하 앞에 다다라
어떤 이는 눈물을 흘리고 또 어떤 이는 추도사를 읽고,
장중하게 알펜호른을 연주하고 조화를 던졌단다.
아니, 빙하에게도 생명이 있던가? 빙하 장례식이라니!

지구온난화로 빙하가 녹아내리다 마침내
10퍼센트밖에 안 남으면 사망 선고를 한다니
역시나 머리가 똑똑하기론 1등인 인간다운 발상이더구나.
이 웃픈 장례식을 치르는 사람들은 모르는 걸까?
실은 사람들이 결코 기억하지 않는 생명들이
하나둘 죽어 갈 때마다 어머니인 지구가
장례식을 치러 주고 있었다는 사실을.
세계 곳곳의 빙하들이 속절없이 녹아내린 건
뭇 생명들의 죽음을 애도하며 지구가 흘린
뜨거운 눈물이었다는 것을.

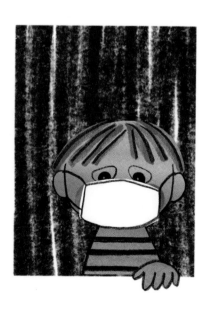

사람들 대신에

호주 멜버른 거리 한복판에서
플라타너스가 눈을 동그랗게 뜨고
조깅하는 사람들을 쳐다본다.
"앗! 마스크를 안 썼어."
그래, 플라타너스가 대신 썼다.

제주도 돌하르방이
퉁방울눈을 데룩데룩 굴리며
여행 온 사람들을 째려본다.
"아니, 마스크를 안 쓰다니?"
그래, 돌하르방이 대신 썼다.

코로나19 바이러스는 여전히
활개 치는데, 방심한 사람들이
깔깔거리며 즐겁고 마음 편한 동안
돌하르방과 플라타너스와
또 다른 누군가가 대신
가슴을 졸인다.

눈만 있다

붐비는 전철 안,
바이러스를 막느라
모두모두 마스크를 써서
사람들은
아,

입이 없다.
코도 없다.
눈만 있다.

느닷없이
누군가 기침하는 소리에
화들짝 놀란 눈들만
붐빈다.

자라지 않는 아이

−채성욱, 1974년 1월 18일 생.
여섯 살인 네가 한국을 떠날 때 여권엔
그렇게 적혀 있었지. 하지만 네가
노르웨이 땅을 밟자마자 그 이름은 지워졌어.
지워진 이름 위에 다시 써진 이름
−얀 소르코크. 33년 동안 새 이름으로 넌
낯선 땅, 낯선 나라에서 낯선 이들과 함께
살았지. 금발 머리 아이들 속에서 너만
까망 머리였지. 푸른 눈동자들 속에서 너만
검은 눈동자였지. 얼굴이 희고 콧날이 오똑한
너희 양부모님 품 안에서도 넌 외로웠어.
양부모나 친부모나 다 같은 엄마, 아빠인데
그 품이 양지쪽처럼 따스했을 텐데
넌 때때로 추워서 몸서리를 치곤 했지.
북극해의 바람이 추녀 끝에 고드름을 매달 때
네 마음에도 고드름이 자라곤 했지.
−얀 소르코크. 40세. 국적 노르웨이.
어느새 넌 어른으로 자랐지만 실은 자라지
않았어. 네가 친부모를 찾아 한국 땅을 다시

밟았을 때, 넌 여전히 여섯 살 아이였어.
―채성욱, 1974년 1월 18일 생. 엄마, 아빠를
찾고 있어요. 김해의 고아원에 맡겨졌던 기억밖에
아는 게 없어요. 진짜 생일도 몰라요. 성욱이
진짜 이름인지도 잘 모르겠어요. 보고 싶어요!
엄마, 아빠…… 우리 엄마… 우리 아빠……
4년 동안이나 애타게 불러도 그 소리를 들은
엄마, 아빠는 한국에 없었어. 없었어. 어디에도
없었어. 이 세상에 없었어. 없었어. 너무 슬퍼서
마흔 네 살의 넌 술을 많이 마셨고, 너무 외로워서
여섯 살의 넌 매일 밤 눈물을 흘렸지.
아무도 그 눈물 닦아 주지 못했지. 그 눈물
다 말랐을 리 없건만, 네가 머물던 고시텔
추녀 끝에 고드름이 달린 겨울날, 다섯 평의
좁디좁은 방에 누워 넌 먼 길을 떠났지.
하늘나라로 영영 떠나고 말았지.
―채성욱. 여섯 살. 국적 한국.
네 이름 석 자 위에 흰 국화꽃 한 송이를
고이 놓는다.

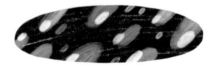

한쪽 눈을 가린 사람들이

카림, 한쪽 눈을 가린 사람들이
너를 본다. 마치 눈이 먼 것처럼
일부러 한쪽 눈을 가린 사람들이 이제야
너를 본다. 수십억 명의 지구촌 사람들이
두 눈을 똑바로 뜨고도 못 본 척하더니
어린 네가, 죽은 엄마 품에서 한쪽 눈을 잃고
남은 한쪽 눈으로만 앞을 보게 된 후에야
너를 본다. 눈이 먼 것처럼 한쪽 눈을 가리고
"카림, 내가 너를 보고 있어"라고 호들갑스럽게
해시태그를 달아 가며 소셜 네트워크에
스스로 찍은 사진을 올려, 그 사진 속 눈으로나
너를 본다. 세상에 태어난 지 겨우 두 달,
시장 가는 엄마 품에 안겨 있던 네가
볼 수 있었던 것은 무엇이었을까.
동그란 네 눈에 가득 차던 건 태양처럼 눈부시게
빛나던 네 엄마 얼굴이었겠지.
시리아 정부군 폭격에 엄마가 쓰러져 죽고
네 한쪽 눈을 앗아 갔을 때, 그 캄캄한 눈에
담긴 것도, 남은 한쪽 눈에 담긴 것도

엄마뿐이었겠지. 카림, 뉴스 속 사진에서 넌
한쪽 눈으로 세상을 보는 것 같지만,
너를 보는 세상 사람들을 마주 보는 것 같지만
아니, 아니다. 넌 여전히 엄마만,
이 세상에 없는 엄마 얼굴만
본다.

＊ 2017년 12월, 한 달 전 시리아 정부군 폭격으로 한쪽 눈을 잃은 생후 2개
  월 아기 '카림'의 사진이 공개되자 전 세계적으로 SNS에 한쪽 눈을 가린
  사진을 올리며 시리아 내전에 따른 인도적 문제 해결을 촉구하기 위한 '카
  림과 연대를(Solidarity With Karim)' 캠페인이 일어났다.

세계로 가는 기차

여기는 터키 수르크 난민 캠프, 포탄을 피해 국경을 넘어온 사람들이 모여 있는 곳, 쪽잠을 자면서도 꿈속에서도 쫓기고 또 쫓기지만 어디로도 갈 수 없어 발이 묶인 곳, 밤새 찬 이슬에 젖은 텐트의 지퍼 문을 열고 곱슬머리 아이가 빠끔 얼굴을 내밀자, 병사들이 줄을 지어 행군하는 모습이 보이네. 총 대신 막대기를 하나씩 든 병사들은 바로 시리아에서 온 난민 아이들, 엄마 아빠 손잡고 간신히 도망쳐 온 예닐곱 살 사내아이들, 어디서 본 것을 흉내 내는 것일까, 씩씩한 걸음으로 힘차게 구호를 외치며 아침 햇살 속을 행군하네. 유럽으로 가는 길은 모두 막혔다는데, 시리아로 돌아갈 길도 다 지워졌다는데, 전쟁놀이에 신난 어린 병사들아! 너희는 지금 어디로 행군하니? 너희들 어깨에 멘 막대기가 매캐한 화약 연기 뿜을 리 없겠지만, 행여 누구한테든 그 총 겨누는 흉내 내지 마라, 입으로 빵빵 총 소리도 절대 내지 마라.

여기는 터키 국경 도시 수르크 난민 캠프, 보급품을 먼저 타려고 어른들은 악다구니로 다투는데, 얻어먹은 우유가 헛배만 불리는지 등에 업힌 아기는 자꾸 칭얼대는데, 겨우

빵 한 덩이 차지한 엄마 손 붙잡고 힘없이 돌아서는 아이 앞에 칙칙폭폭 기차가 지나가네. 유럽으로 가는 기찻길은 벌써 끊겼다는데, 다른 이들은 다 타도 시리아 난민들은 하나도 못 탄다는데, 누구를 태우려고 이 기차는 달려가나. 알록달록한 옷을 입은 아이들이, 서너 살 먹은 여자아이들과 너덧 살 먹은 사내아이들이 손에, 손에, 손에 긴 줄을 이어 잡고 기차가 되었네. 하얀 이를 드러내고 깔깔거리며 세상에서 가장 소란스러운 기차가 되었네. 전쟁놀이하던 오빠, 형들도 어느새 총을 버리고 달려와 함께 길고 긴 기차가 되네.

기차에 타지 않고도 스스로 기차가 된 아이들아! 엄마와 아빠, 삼촌과 할아버지를 태우고, 온 가족이 죽어 고아가 된 친구도 태우고, 고향 집에 두고 온 양들과 개들도 모두 모두 태우고 달리렴. 보드룸 해안에 차가운 시신으로 떠밀려 온 세 살배기 쿠르디의 영혼도 태우고 어서 달리렴. 세상에서 가장 크고 멋진 기차가 되렴. 평화와 자유를 찾아 세계로 가는 기차가 되렴.

제2부

나만의 별

캄캄한 염소

지난밤 어둠이
다
어디로 갔나 했더니

저기
저 흑염소 좀 봐.

오늘 아침따라 더
캄캄하다.
캄캄해!

건널목을 건너온 향기

앞산 아카시아들
오늘따라 유난히 심심했나 봐.
큰길 건너 여기, 빨간 신호등 앞까지
솔솔 향기를 풀어 놓았네.

꿀벌들이 아마
딴 데로 몰려간 게지.

-애들아, 내가 더 잘해 줄게!
어서들 와!

달콤하게 부르는 소리,
코끝에 쟁쟁하다.

코를 큼큼거리는 내가 꿀벌인 줄 알고
훅, 내 콧속으로 뛰어든
꽃향기도
두어 줌 있었나 봐.

산책

나를
따라오고
내가
따라가는

내
발소리,

혼자
천천히
걷는 동안
나는

발로
숨 쉬고
발로
노래하고
발로 생각하지.

첫 매미

맴 맴 맴
첫 매미 울음소리

상쾌하게 고막을 두드리는 소리

내 여름 귀를 확
틔우는
소리

엄지공주 대 검지대왕

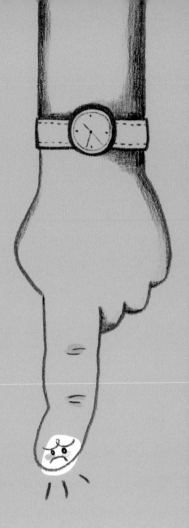

나는
엄지공주

사뿐사뿐 춤을 추듯
엄지 둘을 놀리고

우리 아빠는
검지대왕

뚜벅뚜벅 독수리 타법으로
검지 하나만 부리니

휴대전화 문자로
말씨름을 벌일 때마다
이 엄지공주가

백전백승

구두주걱

단숨에
우리 아빠를
구두에
푹
퍼
담았다!

똑똑똑

칠십 평생
귀를 활짝 열어 놓고 사시던
할아버지가
갑자기 문을 해 달았다.

보청기로 막힌 귓구멍 속 길이
온통
캄캄해졌겠다.

할아버지는
그 길을 밝히며 또렷한
발걸음으로 달려올
소리를 기다리신단다.

나는 문을 처음 노크하듯
속삭여 본다.
ㅡ할아버지, 내 목소리
잘 들려요?

신바람

앞서거니 뒤서거니
오빠와 내가 편의점으로 달려가
유리문을 발칵! 열어젖히면

우리 뒤꽁무니를 따라
잽싼 바람 한 자락이 휙―
밀려들어 오지.

―엄마가 사 주래?
―아니, 오늘은 오빠가 쏘는 거야.
―정말? 야, 신난다!

신바람 한 자락이
편의점 안에 휘몰아치지.

그 바람에
아삭바삭한 과자 봉지들이
몸을 들썩들썩하지.

캄캄하다

캄캄한 골목
트럭 아래

고양이가
슬피 운다.

캄캄하다.

울음소리
뚝 그친 다음,

쪼그리고 앉아
그곳을
들여다보니

더 캄캄하다.

호주머니

추울 땐 손이 저절로
호주머니 속으로 들어간다.
따스한 내 체온에
시린 내 손이 금세
따듯해진다. 이젠

춥지 않다.

춥지 않아도 어느 땐
손이 슬그머니
호주머니 속으로 들어간다.
내 안에 내가 들어간 듯
내가 나를 감싼 듯
어느새 마음이
푸근하다. 이젠 좀

덜 외롭다.

그리고… 남은 사람은 셋

체험 학습 하러 간 날
갑자기 비가 와서
우산이 모자라는 바람에

가장 가까운 단짝끼리
둘씩,
그래도 좀 더 친한 친구끼리
둘씩,

우산 하나를 나누어 썼다.

그리고…
친한 애들끼리 다 뭉치는 바람에
딱히 친한 친구가 없어서
남은 사람은
셋

하필이면
가장 작은 우산을 나누어 썼다.

서로 바싹 붙어서
한순간, 가장 가까운 사이가
되었다.

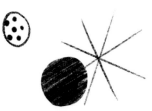

나만의 별

목성의 위성 유로파엔
얼음으로 둘러싸인 바다가 있대.
나는 그 얼음 속 바다를 헤엄치다
가만히 잠드는 꿈을 꾸곤 해.
그곳은 때때로 지친 내 마음이
혼자 쉬는 나만의 별이야.
미래의 NASA 과학자들아,
그곳엔 탐사 우주선을 보내지
말았으면 해. 내 고요와 평화를
깨지 않았으면 해. 정말
부탁이야.

하얀

바삐 달리던 두 엄지를
멈추고

스마트폰을
치우고

어른거리는 그림자들을
지우고

잠시
눈을 감았다 뜨고
가만가만
숨을 고르노라면

무언가 하얀 것이
내 앞에
놓인다

하얀 도화지

하얀 눈밭
하얀 새털구름

바람의 그림자

바람의 그림자를 보려면
눈이 소복이 쌓이는 날을 기다려야 해.

하얀 도화지처럼 펼쳐진 눈밭에
마가목이 제 그림자를 살며시 드리우면
종종걸음으로 지나치던 바람의 외투 한 자락이
가지 끝에 걸릴 때가 있지.
한순간,

마가목 가지들은 간들거리고
멈칫, 걸음을 멈춘 바람은 뒤돌아보며
외투 자락을 슬쩍 들어 올리지. 그때
바람의 투명한 그림자가 설핏

눈밭에 어리는 거야.

오동도에서

동백꽃
송이째로
툭, 툭, 떨어졌는데

차가운 땅바닥에
뒹굴면서도

새빨간 저 불덩어리들
여전히
이글거리네.

꽃보다 먼저

노란 셔츠
분홍 원피스

꽃보다
먼저
옷이 피었다

새봄을
하루라도 빨리
맞이하고픈
마음들이 서둘러
화알짝

피었다

봄의 플래카드

활짝 핀 수선화들이
모두모두, 눈부시게 노란 얼굴을
남쪽으로 향하고 있네.

꽃샘바람 때문에
아직도 망설이는 봄이 있거든
겁내지 말고 막 달려오라고
입 모아 부르는 게지.

[봄봄! 어서 오세요! 환영!]

길가에 나란히 줄지어 선
키 작은 수선화들이
햇빛바람햇빛바람햇빛에……

눈부신 플래카드로 팔락이네.

요즘 사람들이 가장 많이 듣는 소리는 바로 "카톡~ 카톡~" 노래하는 '카톡새' 소리라고 하지요. 시도 때도 없이 울리는 그 신호에 따라 사람들은 스마트폰을 자꾸 만지작거립니다. 그리고 엄지와 검지를 눈부시게 놀리며 누군가와 소통을 하지요. 손바닥만 한 스마트폰 화면에 하루 종일 푹 빠져 사는 사람들은 다른 곳에 눈길을 줄 틈이 없습니다. 나는 아직 SNS 계정이 없어서 그 카톡새를 키우진 않지만, 나도 분명 엄지족이나 검지족 중 하나인 것 같습니다. 점점 더 많은 시간을 스마트폰과 함께하고 있으니까요. 앞으로는 인공지능과 로봇과 함께하는 세상이 본격적으로 펼쳐질 거라고 하니, 어떻게 살아야 할지 가끔은 막막한 생각이 들곤 합니다.

새 시집 『엄지공주 대 검지대왕』을 펴내면서 나는 그동안 무엇을 보고 느끼고 생각했는지 돌아보게 됩니다. 하루하루 분주한 일상을 살면서도 조금만 눈길을 돌리면 아름다운 자연이 눈앞에 다가오지요. 온갖 생명이 숨 쉬는 자연을 관찰하고 호흡하는 일은 언제나 마음을 설레게 합니다. 하지만 여러 매체에 실려 오는 심각한 사회 현상을 마주치면 때때로 마음이 무거워지고, 기후변화와 코로나19 팬데믹 같은 전인류적 재앙 앞에서는 한층 암울해집니다.

시인은 과연 무엇을 할 수 있을까요? 결국 내가 보고 느끼고 생각한 것을 쓰는 일밖에 없을 듯합니다. 쓰고 또 쓸 수밖에요. 스마트폰을 치우고 어른거리는 그림자들을 지우고 비로소 내 앞에 놓인 흰 종이를 다시 마주합니다.

2020년 초겨울에, 신형건

엄지공주 대 검지대왕

발행일 초판 1쇄 2020년 12월 30일
지은이 신형건 **그린이** 강나래 **펴낸이** 신형건
펴낸곳 (주)푸른책들 · **임프린트** 끝없는이야기 **등록** 제321-2008-00155호
주소 서울특별시 서초구 양재천로7길 16 푸르니빌딩 (우)06754
전화 02-581-0334~5 **팩스** 02-582-0648
이메일 prooni@prooni.com **홈페이지** www.prooni.com
인스타그램 @proonibook **블로그** blog.naver.com/proonibook

ⓒ 신형건, (주)푸른책들, 2020

ISBN 978-89-6170-800-5 03810